AF607471

HILO DE PLATA

Águeda Rubio

Aliarediciones

Corrección: Eladia Guerrero
Diseño de cubierta: Águeda Rubio
Maquetación: Aliar Ediciones

Depósito Legal: GR 755-2025
ISBN: 979-13-87823-21-4

Impreso en España

Edita
ALIAR Ediciones
www.aliarediciones.es
info@aliarediciones.es

HILO DE PLATA

Águeda Rubio

Prólogo

Los escritos de Águeda me llevan acompañando muchos años, casi tantos como los de la amistad que nos une. De vez en cuando, Águeda los compartía conmigo, sin ninguna pretensión. Empezaron poquito a poco a llamar tímidamente mi atención, con ese trasfondo tan naif y maduro a la vez, hasta que se forzó un vínculo especial entre nosotros. Han pasado años, más de los necesarios, desde la primera vez que le sugerí a Águeda que intentase publicar su libro, pero ella, como buena artista que es, se hizo de rogar envuelta en su caos armónico y salvaje. Hace pocos meses dio el gran paso y se animó a cercar esas palabras tan puras y rebeldes que durante tanto tiempo habían vagado en total libertad.

Los lectores descubrirán en *Hilo de plata* unos textos que les moverán todos los sentidos, llenos de color, aromas y sentimientos que les conectarán con su ser más íntimo. En el libro abundan las referencias al amor, elementos de la naturaleza, voces que reflexionan, se sienten perdidas y con miedo. También encontramos valentía para afrontar cambios o soportar la quietud de una espera. De la mano de Águeda recorreremos otras tierras y otras vidas diferentes a las nuestras, en ocasiones poco afortunadas, pero ricas en principios y lealtad. Sus narraciones cortas relatan situaciones costumbristas teñidas de ironía en ocasiones, otras veces magia, como en *El gran procrastinador*. En ellas las descripciones son minuciosas y se entrelazan con diálogos realistas que nos recuerdan experiencias que podrían ser las nuestras.

Espero disfrutéis tanto como yo de *Hilo de plata*, un libro cargado de inocencia, de verdad, que invita a pensar sobre la nimiedad de las cosas y su belleza, en cómo pequeñas decisiones sin importancia pueden alterar tanto nuestras vidas. Gracias, Águeda, por ser valiente y animarte a compartir tus poemas y relatos, que hablan de ti y de los anhelos de otros, que también pueden ser los vuestros si os dejáis llevar por el ritmo de su compás.

Lidia Mañoso Pacheco

Parte 1

POEMAS

Hoy estaba ordenando mi casa

Hoy estaba ordenando mi casa
poniendo esto aquí, eso allá,
llevando, desplazando.

Pensaba: vivir el presente,
el aquí y el ahora, que se dice,
en cada barrida de polvo y pelusa.

Pensaba en ti
y me resistía a abandonarte
al pasado.

Que ahora fuera mi escoba
la protagonista de este momento...

No era capaz de conseguir
que las pelusas solo fueran pelusas

y mi orden, el resultado de ese momento.
Tal vez mi mente no estaba hecha
para desplazarte y tirar a la basura
como si nada, y pasar a otra cosa.

Todo estaba enrevesado como mi desorden.
Que el libro no estuviera en su sitio
no era solo por dejadez
porque ahí había mucha historia:
que tú lo habías abierto y leído
que algo habías comentado
que nos habíamos reído
que la risa nos había llevado a mirarnos
que te habías acercado...
y dejado el libro en la mesa
como desmantelado de olvido.

Yo ahora tenía que colocarlo en su lugar,
tal vez limpiar su espacio,
volverlo a poner allí, rígido, inmóvil,
en el lugar de todos los olvidos.
Pero no, tú habías sucedido,
esto no era un pasar página
esto era un crimen atroz de olvido,
un echar a los perros nuestras risas.

El aquí y el ahora como un trapo de quitar lo sucedido,
de devolver el orden a su sitio.
No pensaba tirarte a la basura,
porque allí estabas como un desorden más de mi vida,
como un aliento sin aliento.

La risa

La risa, siempre la risa.
La desbloqueadora,
la desatascadora
que siempre va de la mano
del brillo que reverbera
incluso sin la luz del sol.
La risa después del llanto,
el llanto hecho de risa,
la risa que nos trepa por las tripas
y las coloca en su sitio.
La risa si te veo de lejos y me agito,
la risa de todos los mares y océanos del mundo
que nos depuran de lo innecesario.
La risa de tu mensaje cómplice,
de tu secreto y el mío.

Enero

Que hoy haga frío
es normal porque es enero.
Las manos se me cierran
y los pies no quieren seguir.
Todo en mí tiembla
hace sol,
pero esta vez, sin embargo,
el frío gana.

Te miro apoyado
en esa viga
mirando hacia arriba
y a mí me gustaría
que el sol se impusiera
y que mis manos
rodearan tu cuerpo,
pero es enero aún.

En espera

Y estamos otra vez vivos
mirando lejos
en espera.

El tren se ha detenido
en la misma estación
y espera.

Volvemos a casa
solos o con alguien
y seguimos en espera.

Hoy todo está en su lugar
lo sé,
pero la vida no espera,
ni yo tampoco.

Murad

Murad, esta casa era tuya
como tuya es esta tierra
teñida de rojo ahora.

Tú corrías a la escuela
con apenas un cuaderno
y una goma,
el lápiz lo pedías prestado
al compañero.
Jugabas en el patio
al balón, o a pillarse entre risas
y escapadas.

En un aleteo de futuro
hoy miras a los mayores
llevando cajas de cartón
con ribetes negros.

Ellos tapan sus rostros y lloran
y tú abres los ojos
como dos bolas de nieve
y miras tu tierra,
la escuela,
tu casa en ruinas,

y miras todo
y miras nada…
La Nada.

Un amor

Un amor grande
un amor pequeño
un amor difícil
un amor seguro
un amor ciego
un amor rotundo
un amor escondido
un amor triste
un amor tranquilo
un amor libre
un amor
un amor
un amor

Tu mano

A mí no me importa
si no vuelves a ese lugar sagrado
que nos inventamos.

No me importa que se te pierdan una a una las palabras
y llegue el silencio.

Tal vez sea una forma de adiós diferente.

No me importa si una lluvia se lleva
todo lo hablado,
han sido solo palabras

pero nuestras manos no,
que no se las lleve nada ni nadie.
Las quiero aquí como salamanquesas alegres o tristes,
trepando por esta realidad perpleja.

Echarse a andar

Yo creo que nos hemos equivocado en muchas cosas.

El verde lo queríamos rojo
y esperábamos que el amarillo se volviera azul.

La mañana la hacíamos noche y
los te quieros los repartíamos
en corazones cerrados.

Yo creo que no veíamos las tres dimensiones de la vida
que hacíamos plana y monocolor.

Solo había que darse la vuelta,
abrir las ventanas, arreglar el cuarto,
desinflarse de tantas palabras
y echarse a andar.

Flores

Las flores del buen reír
del buen respirar
del buen amar…

Las flores entre flores,
entre más flores,
entre muchas flores.

Y entre ellas
un pájaro
que duerme.

Signos

Tenía todos los signos gramaticales en su cara:
El signo de interrogación de las veces que la dejaron sin palabras.
El signo de admiración al verle acercarse a ella en el aeropuerto.
El paréntesis, en el que se quedó atrapada.
Los dos puntos, el día que se eligió a ella misma.
El punto y coma, y abrió otra puerta.
La coma, respiró.
El punto y aparte, en la Gare de Lyon.

Todos los signos iban transformando su cara.
Eran sus recuerdos de vida,
su novela bien puntuada.

Silencio

Han vuelto los voceros
con sus discursos
incrustados en las gargantas.
Utilizan las palabras como quien tira una pared
a base de golpes.

Acusan al vecino
del derribo del muro,
de vivir al lado,
y le mandan levantarlo de nuevo
para volverlo a tirar.

No saben que un día vendrá el silencio,
las paredes todas caídas.
Entonces, el muro serán los otros,
y de nuevo el silencio,
y se oirá el fluir del río
seguro de su tarea.

Casa

Uno puede hacer su mundo
en treinta metros cuadrados,
ensayar la obra de su vida
frente al espejo.

Regar las flores
o hacer la comida
y hasta simular
el comienzo de algo serio.

Arreglar la casa
como un preciado palacio.
Programar un viaje *low cost*
al bajar la basura.

Nunca lo de fuera
hizo tan grande lo de dentro.

Volver

Todo vuelve
lo que creíamos perdido
aparece de nuevo
como en una rotonda solitaria
en una noche de nubes.

Y allí aparece despacio
para hacer su giro obligatorio
y tomar la primera salida
la que tiene tu nombre y apellidos,
la que te nombra sin dudas
con todas las letras.

Andar

A todos se nos ha desencajado un poco la vida,
a unos más que a otros
y a algunos irremediablemente.

A los que seguimos teniendo piernas en activo
nos toca echar un paso
y luego otro
para ver y actuar.

El río debería fluir de nuevo
con algunos cantos más.
Pero lo suyo es fluir
y lo nuestro andar.

Mujer

Como todas las mujeres
vine a romper el molde,
el molde cuadrado
y sin forma...
indiferente.

Llegué envuelta en un traje plateado
a aprovechar la luz que emana de la luna.

Y rompí los lados,
los cuatro exactamente.
Y los hice distintos,
audaces y redondos.

Conjuro

Me hablabas de una
línea amarilla
atada a una luna
creciente
que dividía tu espacio
en dos mitades:
una de noche,
otra de palabras,
enredadas en tu cuerpo.

Todos los días hacías
un conjuro de secretos.
Deshilvanabas el día
para sostener mi noche.

Mariposa

Mariposa grande
verde y rosa
del árbol bien arraigado eres
vuelas segura
y vas a tus asuntos
como quien va al baile.

Te comes el viento
y la lluvia
y vuelas y vuelas
y yo sé que no te has ido.

Amor

No quiero que se me pase lo mío contigo
si fueras un pájaro, me encantaría.

Te enseñaría a volar
de rama en rama.

Otro día, tú lo harías
y así recorreríamos el bosque.

A veces, hay lugares oscuros
que atrapan la luz.

Todo

Todo es rápido
como una nube de tormenta
o un pájaro que emigra
con la certeza de un destino en sus ojos
que ya no miran.

Sentirse seguro

Uno se siente seguro
allí donde no le definen,
donde puede tocar el agua
y dejarla fluir,
donde el silencio se nutre de deseo
y la piel se sonroja muda y vital.

Sentirse seguro es abrazar el todo
y no quedarse con nada.
Que te miren sin el escrutinio vigilante de unos ojos,
o volver a casa expandido y entero.

Es llorar encima de tus plantas
y verlas crecer por tu tristeza.

Sentirse en zona segura
es caminar erguido y en silencio
abrazar y ser abrazado
dejando que todo tome su lugar.

La Gare de L' Est

En París
esperando el tren para Alemania
tú no estás ahora
ni yo estoy como estaba
cuando estabas tú.

A lo lejos te veía
tu silueta de rey africano.
Te acercabas a mí
con tu paso urgente
para abrazarnos.
Eras la energía de lo oculto,
bello.

En la Estación del Este,
en París, en un día de oro,
revolotean las chispas de nuestros ojos.
Entonces no sabíamos de nuestra despedida,
del cruel adiós cotidiano,
del *adieu* definitivo,
y tampoco sabíamos que los andenes,
que todo lo guardan,
quedarían allí inmóviles
acogiendo otras esperas
y otras despedidas.

La Gare de L' Est en París
un tren muy largo,
tanto como tu partida.
Yo en esa estación hoy
cruzo otra frontera,
soy la que parte
en ese tren infinito,
plateado y vibrante.

Con su pitido urgente
me subo al tren.
Ya no te espero.

Vuelo

Las cosas emprenden también el vuelo.
Aunque sean cosas.
Se mueven en nuestra mente,
a veces ya rotas
y casi olvidadas.

Son las cosas del pasado que no vuelven
y, si lo hacen,
son otras cosas,
como las personas que se van,
a veces,
también rotas.

Me siento

Me siento como si me hubieras dejado sin asfalto,
ni carretera.

Ni tan siquiera un sendero
o un caminito pequeño
y floreado
donde pudiera esperarte.

La ola

A mí me gustaría
dejar de pensar en ti
para encontrarme de repente
pensando en ti
al abrir una puerta
o al cruzar la calle.

Me gustaría dejarte marchar
para que volvieras de nuevo
mojado de lluvia
y beberte y celebrarte.

Me gustaría tenerte y no tenerte
como el ritmo de una ola
que se marcha y vuelve
en un vaivén relajante.

En tu marcha
está tu vuelta
hermosísima y vibrante.

Lluvia

A mí un día me eligió la lluvia de una manera tajante.
Me llovieron encima el agua y la luz a borbotones.
Me volví hilo de plata y me enredé en tu rasta.

Ahora ando buscando los mapas y las tormentas,
los continentes lejanos y los olores a tierra mojada.
Voy a dejar este lugar seco y árido que no me atrae nada.

Todo

Todo es lento y triste
y sucede entre paréntesis.
Viene de pronto y se instala en el cuerpo
y uno no sabe qué hacer o qué hay que hacer.

Apenas hay herramientas para arreglar o atornillar nada.
La vida está suelta y se cae, se desmorona.
Se oyen cascotes que hacen agujeros por donde cabe
el cuerpo de un recién nacido.

Ya no puedo acogerte, ni enseñarte, ni darte un beso
porque yo me he hecho lenta y extraña de mí misma.
Y tú has nacido a esta vida que se te arrebata
en tu primera inspiración.

Ellos, los de la gran injuria, los azotados,
los que fueron perseguidos
se hicieron fuertes, que no valiosos,
y se están imponiendo como una pequeña gota
intransigente y machacona.
Y te hacen daño.

Todo es lento y circular.
Quiero abrazarte.

Tiempo

Es el tiempo, eso dicen,
que arrasa con lo malo,
con la cara «b» de la vida.

El tiempo se hace manto
y nos cubre como en un incendio.
Nos protege, pero no nos cura.

Se alía con el olvido,
se hace perfume
y evoca y aparece la sonrisa
o el llanto,
y tú con ellos.

Espera

Nadie sabe casi nada,
no sabemos casi nada.
Entonces, hagamos el silencio
y velemos por lo sucedido.

No pasa nada por llorar,
no me animes a no hacerlo
porque me estaría negando.

Al río no se le dice que no fluya,
ni al pájaro que no vuelva.
Tampoco se le dice a la niebla
que no nos oculte lo que está cerca.

Es nuestra labor callar,
a veces hay que hacerlo.
Tal vez ordenar un poco la vida.

Mensajes

Mandémonos mensajes
rotundos y redondos,
mensajes de luna llena.

Otra vez

No quiero irme sin haberlo intentado.
Cruzar esa puerta gozosa
de tus labios,
impregnarme de nuevo de tu cuerpo
como quien va al mercado
a comprar la fruta y las verduras
el pan, la carne y el pescado,
y seguir el curso de esta vida
que a veces se vuelve díscola,
distante y turbia,
aunque también alegre y gozosa
sobre todo, cuando llueve
y todo está cerrado.

Y no hay gente en la calle
y tú ocupas este espacio del deseo,
el lugar de la batalla
que los dos ganamos.
Esta batalla sin daños colaterales,
amarrados a esta dicha pasajera,
arruinados de risas y miradas.

Perder

El tiempo se pierde,
como se pierde un amor
sin ningún remordimiento.

Se pierden las llaves de un hogar querido
o a un querido amigo
o el libro que me parte en dos.

Se pierde el cuerpo
que se vuelve de paja
amarillo y seco.

Se pierde uno mismo
a veces ya para siempre
o tal vez no para siempre.

Me pierdo en ti
pero tú no en mí
y no pasa nada.

Casi todo se pierde.

Pero tengo mi abecedario
y un cuerpo en blanco.

Latidos

Se me eriza la piel
cuando te veo al borde del mar.
Tienes los ojos negros
con un sol en el centro.

A veces, si me ves,
te das la vuelta
y me miras
y yo entro en parada.

Entonces mis latidos
se desbocan
en un descontrol
peligroso.
Yo los intento sujetar
porque
sé
que
ahora
me puedo morir.

Si te vas,
me vuelve el ritmo,
pero ya estoy tocada.

La mariposa

Para ti, mi amor,
por aquellas tardes de arena tan dulces
en aquel oasis en el que nos anhelábamos
yo te nombraba
y te volvía a nombrar
y te miraba allí tumbado.

La luz que nos nacía
desde dentro nos iluminaba.
entonces el oasis florecía aún más verde
y el agua se volvía aún más esmeralda.

Al caer la tarde te marchabas siempre,
después de un día te marchabas siempre
y yo me quedaba allí en una nube gris,
jubilosa, tumbada casi sin poder levantarme.

Te marchabas con tu espalda negra
y tu pelo largo
y tus dientes blancos
en un cuerpo de una belleza inusual.

Nunca te esperaba,
esa era mi conquista.

Te me ibas del deseo y de mí,
y, sin embargo, no te echaba de menos,
tal vez tu marcha me impulsaba a buscarme aún más.

Entonces miraba el oasis y su profundidad,
él conocía todos los reflejos de muchos descansos y paradas
y ahora yo le observaba.

Lejos, tú,
hacia, tal vez, un nuevo deseo,
preparando tu nuevo goce y tu marcha.
Estabas presente en mi cuerpo aún,
en el cual me había crecido una fuente y una lágrima,
un sol y una luna,
otra calle y otra vida,
como si estiráramos las sábanas,
quitarle las arrugas y alisarlas
para que se hagan nuevas y dispuestas.
Tal vez solo estaría permitido estirarlas para honrar
nuestros cuerpos adormecidos.

Caminar

Y seguiremos caminando
bajo la luz de la luna
aunque la playa esté desierta.

Ella nos ofrece su reflejo
machaconamente bello
y poderoso.

Que el devenir
sea hermoso y obstinado
al igual que esta luna
brillante
y llena.

Despertar

A mí no se me olvida,
claro que no se me olvida,
sostener una mano
o acariciar una mejilla.

Como tampoco se me olvida
que la luna siempre sale
y que los pájaros duermen
hasta que en la mañana
aletean y aletean
allá donde quieren.

Te iré a buscar,
quiero ir a buscarte.
Me he vuelto despierta
y dispuesta
con mis manos
y mi boca.

Un plan

Hay que tener un plan
por ejemplo, ir a comprar al mercado
con la lista de la compra de tu vida.
O esperar a que cambie el semáforo,
como si no tuvieras más opciones en la vida
que cruzar al otro lado altivo y seguro
incluso con la vanidad del que se sabe observado
por un público en espera.
Hacer planes nunca fue tan fácil en este *carpe diem*
que nos pasa.

Pensar en ti podría ser otro plan estupendo
invitarte a cenar con velas y a lo loco,
prepararte un lugar en mi dormitorio hermoso
y sensible.

Esta realidad impuesta
te desea a mi lado
y te imagina en trenes que llegan
a estaciones vacías.

Temor

Yo tengo un temor...
¿Y si ya no nos valen las mismas palabras para guiarnos por la vida?
¿Y si nos cambian incluso formas de sentarnos o estar de pie?
¿Nos reconoceremos de nuevo,
o nos crecerán órganos de contención de afectos?
¿Se construirán casas adaptadas?
¿Y si el planeta no nos quiere ya?

Tal vez tengamos que volver, como hijos pródigos
esperando ser bendecidos por las cristalinas aguas que no supimos cuidar
y entonces, solo entonces,
volverán el beso y la caricia.

Tranvía a Matosiños

El tranvía que me llevaba a Matosiños
lo hacía bordeando el mar.
Sin esfuerzo podía ver el mar amplio
una inmensidad azul o gris
de eso se encargaba mi retina.

Paseaba sin acompañantes
aunque mis manos aletearan
como peces brillantes
y te llegaba a pensar en mi cabeza
en el aeropuerto, junto a la escultura gorda,
con tu paso descuidado hacia mí,
aunque nada vacilante.
¿De dónde venías entonces?

Como una aparición muy deseada
te ponías a mi lado.
y caminábamos juntos.

Parte 2

PEQUEÑOS RELATOS

La almohada

No sé por qué lloro, es tan tarde... Casi es de madrugada. Le doy la vuelta a la almohada y he estado a punto de tirarla al suelo, pero no se ha caído. ¿Qué hubiera pasado si la almohada se me hubiera caído? Tal vez me hubiera dado la vuelta para cogerla o tal vez no. Hay días que no me apetece hacer nada. Son los días pegamento, como yo los llamo.

Al final, al darme la vuelta la almohada se ha caído. Podría sentirme mejor si la recojo, pero si la dejo en el suelo pasaría otra cosa, la recojo. Es que a veces no puedo con tantas posibilidades, me agoto…

Cuando voy a las casas de la gente, veo tantas decisiones tomadas, lámparas que iluminan indirectamente y crean sensaciones de bienestar, cuadros colgados por tamaños y temas y de vez en cuando algunos que no casan con los otros, pero que si uno se pone a elucubrar no es por casualidad.

Sigo llorando, apenas soy consciente de que lo hago, lloro con un llanto muy delicado e imperceptible, me da igual. La almohada otra vez al borde de la cama, medio caída y ya no quiero cogerla, me cae mal cogerla. Tengo una sensación interna de pegamento, de estar pegada a un destino querido y no querido, a veces a un destino muy lánguido. Sin nadie cerca. Y la almohada... No la aguanto más porque si me muevo y se cae al suelo, noto como si mi mano quisiera buscarla, como si fuera alguien enterrado en una catástrofe que palpa por si hay alguien fuera.

Yo quiero llevar mi almohada de nuevo a su sitio que es debajo de mi cabeza, a su lugar. El hecho de que se haya caído me ha llevado a hacer un viaje muy curioso.

Me pregunto si todo este viaje es la causa de que llore, tal vez sí o no. A veces uno llora y no sabe por qué es, tal vez, por un viaje que a uno le gustaría realizar o por un viaje que no quiere realizar, otra vez las posibilidades... ¿Hay viajes a ningún lado que nos hacen llorar y nos los creemos?

Ahora mismo solo está la almohada y mi cama y yo que lloro y no sé muy bien por qué. Tal vez me debería dormir, darme la vuelta y dormir y así dejaría de llorar o si lo sigo haciendo, no me daría cuenta. Tampoco sabría si mi almohada se ha caído o no.

Hasta mañana.

Romper el hielo

Creía que no tenía historia, no sentía que la tuviera. A veces pensaba que todo le había pasado como si hubiera estado en un coche Ferrari y que la velocidad le hubiera impedido ver lo que sucedía.

Era una sensación de desconexión total de su ser.

¿Quién era ella dentro de su cuerpo, dónde se ubicaban sus deseos, pensamientos?, ¿qué era sentirse alguien compacto? Esta manera de percibirse le hacía vivir en una especie de paréntesis a la espera de su apertura.

¿Dónde estaban sus abrazos, sus miradas compartidas, profundas y sentidas?, ¿dónde estaban sus elecciones? ¿Dónde su siembra y recolección? ¿Dónde estaba su seguridad, sus creencias? Si miraba hacia fuera, ahí estaban, con otras voces que ni siquiera había elegido, si miraba hacia dentro, sentía la anestesia y la oscuridad, el frío, sobre todo el frío, la sensación de no pertenencia.

Debía haber logrado muchas cosas, lo exterior lo confirmaba, pero la conexión con su temperatura interna estaba bajo cero..., y casi no era consciente de ello.

Hay una temperatura corporal en las personas que va más allá de lo físico. Es una temperatura de vibración del ser muy placentera que inunda tu cuerpo y lo hace único; y esa es la conexión que empezaba a sentir como un campo mullido donde ella misma podía descansar de sí misma. Comenzaba a sentir el pálpito acorde con la vida, aunque era todo aún muy liviano, pero empezaba a estar ahí y sentía que ese debía haber sido su camino, el del encuentro.

Pero ahora podía recibir y recibirse a sí misma como ser genuino y entero, sin apenas fracción.

Había pasado ya tiempo, mucho tiempo, y por primera vez era capaz de desbloquear el recorrido y abrazarle y celebrarle y sentir que no era fundamental que se quedara a su lado para agradecer una y mil veces la posibilidad de haberle visto porque ella también se había visto y esa era la única manera de romper el hielo.

El gran procrastinador

Estaba cerca de casi todo y al borde de casi nada. Estaba cerca de lograr su objetivo, pero también al borde de boicotearlo. Se compró un billete de avión de segunda clase con destino a Oslo. Nunca había estado en los países nórdicos y ahora era el momento. No tenía un motivo determinado para ir allí, pero sabía que tenía que hacer ese viaje.

Últimamente pensaba que la llegada de los momentos estaba relacionada con las últimas voluntades. La comparación parecía un poco descabellada, pero a él se le antojaba acertada, porque en el fondo deseaba realizar sus últimas voluntades con un ánimo excelente y además había decidido que esas serían las últimas voluntades de ese periodo. Esa imagen un poco tétrica no le asustaba porque sabía que las decisiones de su vida las había realizado con un ánimo muchas veces desesperado como si la vida le fuera en ello. Era una persona de decisión tardía, aunque en el momento en que la maquinaria mental empezaba a funcionar, se le iluminaba la vida y no había marcha atrás.

Su viaje a Oslo estaba decidido desde el día que se le formó en la mente la imagen de una ciudad nórdica. Tardó unos meses en sacar los billetes, con el peligro de la subida de precios e incluso de no conseguirlos. No le importaba, era el gran procrastinador. Su mente estaba preparada para las decisiones de última hora. Había conquistado cierta serenidad con esta manera de actuar. Sabía que se lanzaría al precipicio, tenía su segundero cerca. Tic, tac y reservaría su viaje a Oslo. Pero así funcionaba su caótica psique (pero ¿qué psique no era caótica?) Sin embargo, al final conseguía disfrutar de sus decisiones y mucho.

En el aeropuerto buscó el mostrador de Nordic Flights. Había apenas cuatro personas en el *stand* aunque ya estaban haciendo el *check in*. Enseñó su billete, sus papeles de identidad y se dirigió al *gate* que anunciaron a los veinte minutos. «Oslo», pensó. Había sido una buena elección. El avión se elevaba. Una inmensa paz se apoderó de él. Toda su vida se alejó a gran velocidad, desde esa altura de nubes blanquísimas, pensó que era también una figura mullida, blanca y llena de agua y que su última voluntad era caer en forma de lluvia y fecundar los campos. Oslo ya no le importaba, ni su indecisión, ni las dudas, ni las demoras. El avión hizo un giro brusco y se adentró en ese mar blanquecino y blando. Nadie le vio salir de allí.

Respira

La mayoría de las veces que tomamos una decisión tenemos que coger el bastón de un ciego, porque en el fondo no sabemos si esa decisión es la buena o la mala. Lo hacemos por descargar una tensión que nos intranquiliza o una angustia que nos perturba. Los más decididos se lanzan al vacío y allá van mirando de reojo. Otros, presumen de tomar decisiones con la claridad del vidente, nunca se echan para atrás y saben que hacen lo correcto, o eso creen.

Y mientras, la nueva situación espera con su tinte de realidad cotidiana a que entren en ella los invencibles decididos.

El otro día pensé que iba a tomar decisiones no trascendentales, no me iba a separar, ni a divorciar, ni comprarme una casa, ni me iba a cambiar el color del pelo (para mí eso era trascendental), ni iba a romper una amistad de hace años. No iban a ser decisiones traumáticas con largos lutos psicológicos, ni decisiones de cambios de mirada y nuevas caras. Iban a ser decisiones casi imperceptibles, sin riesgo. Los cambios de realidad iban a ser mínimos.

Decidí cambiar la fruta del cajón de la nevera al congelador, el cambio iba a ser muy evidente, la fruta se iba a congelar, descarté esa decisión.

Decidí entrar en casa de espaldas. Esto tenía cierto riesgo, no vería si se había caído algún abrigo del perchero y me podía tropezar, descarté también esa decisión.

Decidí meterme en el metro justo cuando se oyera el silbato de cerradura de puertas. Aguanté tres días. Mi corazón se aceleraba y casi me dejo un brazo fuera del vagón. Era muy arriesgado.

Decidí no levantarme por las mañanas, ni desayunar, ni comer, ni lavarme. A la semana no me tenía en pie.

Mi cara se puso muy pálida, me sentía fatal. Descarté también esa decisión.

Me di cuenta de que cualquier movimiento en lo cotidiano podría traer cambios muy drásticos.

Quise probar con las grandes decisiones, las que cambian tu destino de verdad.

Dejé a mi pareja. La amaba, pero la dejé.

Dejé mi casa, mi trabajo, mis amigos. Dejé todo, sin angustia, sin apegos.

Me dejé a mí misma también.

Ya llevo veinte vueltas al sol.

Aquel hombre

Aquel hombre de mediana edad estaba muy serio. Hacía unos gestos extraños con la cara mientras iba tachando los números.

Yo creo que era un hombre alto, aunque no lo podía asegurar porque estaba empotrado en la silla y solo asomaban parte del torso y unos brazos largos con sus manos nerviosas que no hacían más que moverse por el cartón del bingo buscando el número cantado.

Si lo tachaba hacía un chasquido con los labios como si besara a alguien.

A mí me enervaba un poco porque en su concentración extrema había perdido la noción de que había más gente en la mesa redonda. Vivía su vida de jugador en completo ensimismamiento. Lo miraba sin pudor porque él estaba en su mundo.

Un cruce de miradas hubiera sido imposible.

La sala se llenó de gritos. Alguien tenía el último número mágico que le hacía ganador de mil euros (casi mi paga mensual).

El hombre que tenía enfrente levantó la vista y se encontró con mis ojos escudriñando.

—¡¡Estoy a un número de cantar bingo!! ¡El puto ocho! ¡Y así toda la tarde! Y siempre es el puto ocho el que me deja *colgao*.

Hizo ademán de levantarse como si quisiera terminar el juego y marcharse, pero se volvió a sentar.

Entonces pude ver que no era muy alto.

Ahora empezaba la siguiente partida. Los chasquidos al tachar los números aumentaban y se hacían muy frecuentes. Parecían el silbato de un tren que pasa por la estación de un pueblo a toda velocidad.

Todos los de la mesa le mirábamos un poco alarmados porque comenzó a echar un líquido blanco por la comisura de los labios.

—¡¡¡Bingo!!!

Se desplomó en la mesa. Todos empezamos a gritar. Se quedó inmóvil y se puso a temblar.

—¡¡El ocho, el ocho!! —gritaba con los ojos desorbitados.

Vinieron tres personas y lo sacaron del local. Empezó a revolverse y era muy difícil tranquilizarlo.

Cuando se lo llevó el Sámur, en la pantalla del bingo se veía el número ocho.

Los ruidos

Se oye un ruido y todos se callan y lo escuchan. Es un ruido quebradizo y de madera que cae, pero no hace viento y por eso hay que ver de dónde proviene.

No se ha roto nada, todo parece estar en orden.

Otra vez el ruido, idéntico al anterior, con la misma duración, unos tres segundos.

Todos se giran y se miran en silencio.

Los ruidos conocidos los dejamos pasar porque nacen de situaciones muy concretas: un avión que pasa, un coche que frena, un niño que llora, tal vez un posible aleteo de un pájaro.

Hay otros ruidos hechos con una intención. Suelen ser ruidos con mensaje. Alertan de algo.

Tres segundos dura nuestro ruido, algo se quiebra, se rompe. Nos habla de un cambio, un fin. Pero vuelve idéntico y nos asusta. Suena el teléfono.

—Señora, soy su vecino. Es muy tarde para armar tanto jolgorio. Intentamos dormir.

—¿Cómo? Aquí no hay ninguna fiesta. No entiendo lo que me quiere decir.

—Bajen el volumen de su música o llamaré a la policía.

Está claro que el ruido del vecino no es mi ruido y él oye un ruido que yo no oigo.

Es como si mi supuesta realidad se fuera por el sumidero.

Imposible demostrar nada.

Mi ruido me paraliza y el suyo le exaspera.

Son los ruidos de la vida. Únase al suyo. Conviva con ellos. No es mejor el suyo que el mío. Aunque parezca que es más ruidoso.

A veces

A veces se instalaba en ella un silencio ruidoso al intuir la llegada del tren a la estación de una ciudad pequeña. Su cuerpo se quedaba como agazapado e inmóvil esperando el estallido del aire y el zumbido en los oídos de algo que pasa muy deprisa sin ninguna contención.

Luego, se quedaba como hipnotizada y lentamente se iba recuperando y comenzaba a tomar tierra y se adentraba de nuevo en el silencio.

Era el tren de todos los lunes a las siete de la tarde. Ella sabía que él iba en ese tren y él sabía que ella estaba allí a esa hora esperando el zumbido del aire que echaba su cuerpo hacia atrás sin poder agarrarse a nada.

Ella entonces cerraba los ojos y lo imaginaba sentado en su asiento mirando por la ventana, buscándola.

Él se levantaba del asiento como si el tren fuera a parar.

Entonces el tren pasaba y el aire se hacía calmo y volvía el silencio.

Llegaste

Llegaste en aquel avión desde Berlín. Te esperaba en el aeropuerto envuelta en un globo rojo lleno de agua que explotó al verte aparecer en la terminal como un dios de ébano, alto, inmenso, totalmente Basa, dios de la tribu contadora de cuentos, rehén por siempre de mi alma y para siempre.

Me tomaste la mano como se coge una nube de algodón blanquísimo y tú no sabías dónde colocar tu brazo con mi mano prendida a la tuya.

Cuánto brillo aquel día, cuánta belleza inesperada, cuánto sentir lo no sentido nunca.

Te quedaste para siempre, aunque te fuiste.

Hoy te pienso y te siento en los cuatro puntos cardinales de mi cuerpo y me acurruco en tu recuerdo. Para siempre.

Para nunca.

No sé dónde habito

Hoy he bajado las escaleras de mi casa con mucho brío y decisión, normalmente las bajo pensando que me voy a despeñar y me voy a romper la cadera o el coxis. Cuando empiezo el descenso las escaleras se me aparecen como un obstáculo que tengo que enfrentar con mucha precaución por si las moscas. Y lo hago.

Pero hoy la decisión más atrevida se ha apoderado de mí y los peldaños se me hacían olas del mar que me acariciaban los pies. Mis piernas se sentían ligeras y revoltosas y bajaban los peldaños con la inconsciencia del valiente.

Algo bueno tenía que haber en esa decisión tan determinante.

Al llegar al peldaño número treinta y cuatro siempre contaba los peldaños que eran como la comida del perro de Pavlov: veía un peldaño y empezaba a contar.

A veces la gente me percibía concentrada y seria, como si estuviera en una profunda reflexión y lo que ocurría realmente es que estaba contando las escaleras o los pasos que iba dando por la calle.

Este pensamiento mío me había hecho desmitificar a mucha gente. Si veía a personas muy ensimismadas con un aire algo serio y altivo, seguro que estaban en un pensamiento muy plano y nada revolucionario.

No es que crea que no se pueda ir pensando en cosas profundas, yo misma lo hacía, no muchas veces. Casi siempre me enganchaba a mantras repetitivos y absurdos.

Pero volviendo a la historia, en el peldaño treinta y cuatro había una especie de papel arrugado en el suelo de color rosa con motas naranjas, me llamó la atención y le di una patada alegre para que rodara escalera abajo. Solo conseguí bajarlo al siguiente peldaño.

Era un papel pesado, tal vez escondía un objeto que alguien había perdido. Lo volví a empujar, esta vez con más decisión y rodó tres peldaños. Lo cogí con cierta prevención y al tenerlo en mis manos empezó a moverse como si hubiera un ser vivo allí envuelto. Me asusté y lo empujé con fuerza al final de la escalera. Chocó con el portal y empezó a sonar una música como de tambores africanos. No pude resistirme, lo cogí con vehemencia y lo abrí con cierta ansiedad y leí:

«Si abres el portal no volverás a contar más tus pasos, ni en la calle ni en las escaleras. Si te das la vuelta y las vuelves a subir, tendrás la letanía de sesenta y cuatro escalones cronometrados uno a uno. Las escaleras serán tu mantra para siempre. No exit».

Me parecía algo de locos todo aquel mensaje. No entendía nada.

Lo achaqué a mi mente inestable. A mi deseo de cambio. Era como dejar ir todo lo conocido, que de alguna forma me equilibraba.

Me di la vuelta y comencé a subir de nuevo, una profunda fatiga se apoderó de mí, las piernas las sentía como dos trozos de metal, mi cabeza me daba vueltas.

—Una, dos, tres, cuatro, cinco, s…

Me encontré de repente tumbada en el sofá de mi casa. Todo había sido un sueño.

Me alegré y no me alegré. Había sido una pesadilla muy atractiva e inquietante.

Mi objetivo era bajar esas dichosas escaleras, lo tenía que hacer.

Debía comprobar aquella pesadilla. La escalera estaba limpia. Ni papel, ni bola rosa, ni ser vivo.

—Una, dos, tres, cuatro, cinco, seis…

Todo en orden. Respiré. Ahora me esperaba la calle y mis pasos contados.

Abrí el portal y una música africana de tambores me envolvió… Mis piernas empezaron a pisar fuerte siguiendo el ritmo de la percusión, mis brazos se alzaban hacia el cielo como ramas. Mis caderas se deslizaban a derecha e izquierda. Me fui con la música no sé dónde. Ya no había pasos, ni mantras.

Locos

No sé lo que me pasa últimamente, pero las frases serias me aburren y no me llegan. Empiezo a pensar que es una deformidad de mi cerebro que empieza a manifestarse debido a la edad. No es exactamente que todo me la refanfinfle, no, porque respeto mucho las opiniones y más si son constructivas y abogan por los cambios positivos para las personas..., pero es que me noto como si se me estuviera secando la capacidad de empatizar y al mismo tiempo que me preocupa, me da igual.

A veces noto una distorsión o un alejamiento entre mi cerebro y mi cuerpo. Me siento metida en ensoñaciones extrañas, como alquilando mi casa a una pareja que se quiere mucho, pero no se hablan porque creen que hablar distorsiona la comunicación.

Mi cerebro va por libre mientras mi cuerpo conecta con una sesión de relajación sospechosa. Lo malo o lo bueno, no lo sé, es que me puedo pasar así una tarde entera y al final dejo abandonadas tareas importantes.

La verdad que esto me tendría que importar poco, porque vivo en absoluta soledad. No sé si soy feliz. Es que no me importa si soy feliz.

Mi cuerpo me va respondiendo más o menos, mi cabeza, más complicado.

Tampoco la fuerzo a pensar o discernir cuestiones serias que me den la sensación de pertenencia a un mundo mucho más desconectado que el mío, con sus reglas...

Yo creo, sin embargo, que no estoy en un camino equivocado porque me visualizo relajada y volando a mi placer y, como decía mi abuela, solo vuelan los pájaros, los aviones y los locos.

Zona cero

Llegamos a ese lugar de acogida tan funesto y triste. Ella, mamá, estaba con alucinaciones y veía cosas imaginadas, pero para ella reales. Veía a niños haciendo sus necesidades en un cuarto muy pequeño y me decía que la sacara de esa habitación tan oscura. Yo le respondía que era todo una alucinación y no entendía que no fuera capaz de abrir la puerta de ese cuartucho.

En frente de su cama había una señora con los ojos abiertos que no miraba a ningún sitio. Sus ojos eran ojos de infinito. Su hijo le daba de comer tiernamente y le pasaba la cuchara varias veces por la boca para que no se le cayera la comida y luego con una servilleta se la limpiaba y le daba un beso. Tal vez, su cerebro, sí registraba ese momento de ternura y amor.

Luego el chico se marchó y vino un señor que, yo creo, era su marido. La besó en la frente. Le acarició el pelo y se fue, pero ella seguía mirando muy lejos, ninguno de nosotros sabíamos dónde.

El hombre a la derecha de la mujer no paraba de toser y estaba solo. No se quejaba ni se movía y yo me preguntaba por qué estaría allí. Algo malo tendría, seguro.

Luego, llegó una cama con una mujer musulmana porque llevaba velo. Era muy pequeña, le acompañaba una adolescente que cuando llegó la noche apoyó su cabeza en la cama para dormir.

Allí solo había sillas para los acompañantes, que caían rendidos como sauces llorones en mitad de la noche. Se tronchaban hacia delante o se desplomaban en la cama de sus enfermos.

Todos nos mirábamos en silencio, no había saludos ni complicidades. El transcurrir del tiempo era extraño. Era el aquí y el ahora más a traición que conocía. A partir de ahora no me iban a gustar esas tres palabras tan de moda.

Mamá seguía viendo cosas y yo la abrazaba y decía que no era verdad lo que veía, que estaba en el hospital. Y ella me regañaba porque no era capaz de sacarla de allí, y hasta me llegó a decir que era mala por no abrir una puerta que nos aislaba del mundo. Un cuarto oscuro y pequeño.

Yo la seguía abrazando porque quería calmarla. Pero su mundo era ese en aquel momento y el mío era otro y no nos encontrábamos. Yo me preguntaba si realmente la mayor parte de la gente vivíamos en mundos paralelos en los que no íbamos a coincidir. A veces lo sigo pensando.

Cuando mamá volvió a casa, le conté sus visiones y se reía mucho. Le dije que me había llamado mala. Ella me contestó que vaya cuajo que tuve porque fui incapaz de abrir aquella puerta. No volví a mi casa. No sé dónde habito.

Redes

Se habían enamorado por mensajes de voz y videocámaras. Se daban muchos *likes* en sus redes sociales. El sexo virtual les horrorizaba a ambos.

Debía haber una intimidad presencial y no virtual (eso le sonaba a cursos vía Zoom y la libido le bajaba al subsuelo).

Era guapo, muy alto y de origen polaco. Era rubio con la nariz grande y tal vez las orejas algo desproporcionadas (qué palabra tan larga), no era gordo, se machacaba en el gimnasio. Muy musculado. Leía, corría, hacia senderismo y tenía fotos mirando al horizonte. Todo eso la fascinó. Su mente proyectó en él un deseo de amor tierno y pasional.

A él le ocurrió lo mismo con ella. Su voz en los mensajes era seductora y dulce. Era alta espigada, de risa fácil y sabía escuchar. Estaban preparados para su gran día.

Sus respectivos trenes les llevaron a un sitio intermedio. Bajaron del tren con el corazón a cien.

En ese lugar un hombre y una mujer estaban solos en la estación.

Ella era alta y desgarbada, él mucho más joven que ella, era más bajo, con bigote y patillas.

Se acercaron y se dijeron hola. Ella le dijo que parecía más alto y atlético en las fotos, pero que le daba lo mismo, que no se iba a volver por una foto mal hecha.

Él la miró y la encontró algo sosa. La edad no le importaba. Le daba morbo. En realidad, no se gustaron como en lo virtual, pero oían sus respiraciones y veían el brillo de sus ojos.

Él le contó que era sonámbulo y ella le dijo que no le importaba porque tomaba pastillas para dormir.

Se fueron juntos al hotel del pueblo, se quisieron y se quedaron dormidos.

Él se levantó sonámbulo y salió al aire libre y cogió unas flores del campo. Las dejó en la cama al lado de ella. Ella no se enteró porque dormía a pierna suelta.

Al otro día comentaron lo de las flores en la cama. Les gustó no saber lo que había sucedido. Y se volvieron a querer.

Humo de plata

Por ahí alguien dijo, «no me definas que me niegas».

Aquella tarde hacía un bochorno de campeonato. Ella estaba sentada en su sillón amarillo con brazos de madera clarita. Su madre, la noche anterior, le había hablado de los patos que tuvieron que regalar su padre y ella al venirse a la gran ciudad. Las pobres aves no podían venirse con ellos en el traslado y tuvieron que regalarlas. Sufría mucho pensando en ellos y en los pollitos que se comió la cabrita. Sufría por cualquier cosa que en su imaginación se le antojara como injusta, entonces sufría mucho, claro.

En el pueblo se retiraba a su sillón amarillo para meditar. No estaba bien sufrir tanto, debía ser un defecto de su forma de ser, que también molestaba a ciertas personas, sobre todo porque su carácter les dificultaba su gran expansión dialéctica de grandes seguridades y frases hechas: «No cabe duda de que esto no va a cambiar»; «Todos vamos al desastre, tooooodosss»; «No nos libramos ni uno».

Ella lo oía y se le encogía el corazón. Y se inquietaba.

Al venir a la ciudad después de haber vendido los patos, oía otras cosas más sofisticadas, para eso estaba en la ciudad. Ahora le empezaron a decir que todo se lo tomaba en serio y ella concluía que eso debía ser un gran defecto de su carácter, que la fuerza de espíritu se demostraba con el aguante y la compostura, con el saber estar y no enseñar, ni mostrar.

Era un verdadero problema para las gentes directas y al grano, siempre con la respuesta adecuada en la boca. Esas personas se sentían amas de opinión, con sus verdades a cuestas estaban siempre defendiendo sus opiniones, abiertamente, con vehemencia.

Las otras gentes, las de la orilla sensible, se acoplaban con grandes esfuerzos a estos guerreros de la sinceridad y la no duda. Una expresión de cierto *discomfort*. En ella la sumía en una revolución interna insostenible.

—Eres una hipersensible —En la ciudad no era sensible, sino hipersensible, la gran urbe lo agrandaba todo.

Un día se levantó de su sillón amarillo con brazos de madera y salió a la calle.

Pensaba en los pobres patos, en los pollitos, en la cabrita, en su gente definidora y en su sensibilidad tachada de «hiper» y se fue al mercado.

Compró pato, huevos de pollito, un poco de carne de cabra y se sentó en su sillón amarillo. Entonces, decidió fumarse todo lo que había comprado. Quería transformar sus tristezas en músculo fuerte e imbatible.

Por supuesto, también se fumó a las gentes rectas y en posesión.

Todo le entró en su cuerpo. Cerró los ojos y vio un volcán. Se arrojó en él, y sintió cómo salía una columna blanquísima de humo plateado que inhaló y repartió por su cuerpo. Ya no era «hiper», ahora era humo de plata.

El pincelito

Me preguntó el hombre: «Y cómo quiere las uñas, ¿redondas o cuadradas?». A mí me daba igual en el fondo porque había entrado al local por entrar. De vez en cuando me pasa eso, que, a veces, no sé por qué me veo en sitios y haciendo cosas que me había dicho que no haría, como lo de pintarme las uñas.

Pero allí estaba y el chico oriental me miraba muy serio cubierto con la mascarilla azul (yo suponía que estaba muy serio, aunque tal vez me estuviera sacando la lengua o imperceptiblemente mandándome a freír monas).

Yo le dije que las quería cuadradas, tampoco sé muy bien por qué.

Empezó a limar y limar, con mucha avidez y profesionalidad. Me quitó impurezas y pellejos, con su botiquín de pinzas e instrumentos para la manicura. Seguía limando y limando, cada vez más frenéticamente. Yo caí en un estado de miedo contenido, temía que mi uña desapareciera de mi mano. Ahora tenía que elegir un color.

Entonces el hombre me abrió un libro con originales pastas de plástico y en el que aparecían en bella cascada todos los colores inimaginables.

—¿Cuál? —me preguntó y su mirada se clavó de nuevo en la mía.

Me quedé algo aturdida porque realmente no sabía qué color elegir, me tiraban la gama de azules, pero la de naranjas me fascinaban y también la cascada de diferentes verdes y rojos.

De nuevo escuché:

—¿Cuál?

Levanté la vista del libro de plástico y me encontré de nuevo con sus ojos serios y distantes. Me había dado cuenta de que esa frialdad me incomodaba mucho.

—Señora, ¿cuál?

En mis elucubraciones mentales, había llegado a olvidar a qué «cuál» se refería.

Lo miré algo confusa.

—¿Cuál qué? —le dije.

Entonces su mirada empezó a afilarse. De repente caí en su pregunta.

—¡Ah, sí! Naranjas, las quiero naranjas, el número siete. Sí, el siete, seguro, el siete.

El hombre se giró para conseguir el esmalte número siete. Puso mis manos en una especie de almohadilla y cogió mi dedo meñique que empezó a pintar con verdadera maestría.

Me sentía fascinada por el naranja y caí hipnotizada al ver a la brochita deslizarse sobre mi uña impregnándola de ese color. Esa transformación de mi uña me resultaba incluso algo erótica y pensé que todo cambio conlleva un renacimiento, una pulsión de muerte y de vida.

En estas reflexiones estaba cuando escuché la voz del hombre que me decía

—Cuidadito.

Pensé que había escuchado algunos de mis pensamientos y me sentí como si estuviera descubriendo un secreto muy íntimo mío.

—¡Cuidadito, señora!

Pero ¿de qué debía tener cuidado? ¿Sería ese cuidadito una amenaza? ¿Estaba en peligro? ¿Debía de dejar de pensar esas filosofías? ¿Estaría viviendo en el metaverso?

De repente caí en la cuenta de dónde estaba. El pincelito me había despertado a la realidad. Había movido la mano y el esmalte se había ahuecado.

—Cuidadito, señora.

Ya no volví a pensar, me concentré en lo que estaba pasando, el pincelito volvía a reparar el color naranja en mis díscolas uñas.

Cuando salí del local, mis manos parecían trocitos de girasoles, trocitos de sol, las miraba fascinada, maravillada. Estaba tan contenta...

Me volví para recordar el nombre de la tienda y atisbé al hombre que detrás del cristal me guiñaba un ojo y creí entender que me estaba diciendo algo.

En el metro

Hoy, el día está siendo un poco acelerado. Una jornada de mucho ruido y encima estoy empapada, no llevo paraguas, aunque no le doy la mayor importancia. No voy a decir que la lluvia es buena y todo eso, porque ya se sabe.

En el metro hubo un momento mágico que me sorprendió y alegró. El día era totalmente anodino (bueno, llovía), pero al bajarme en mi estación, tropecé con el pie de un chico, fue un tropiezo imperceptible, sin consecuencia ninguna, se trataba del tropezón silencioso que solo el pie del chico percibió (los pies perciben) nadie, nadie más.

La reacción del hombre fue automática, impensada, natural, un mero reflejo condicionado que le hizo agarrarme por el brazo para que no me cayera.

Le agradecí durante todo el día su reacción.

Todos llevamos incorporados gestos y reacciones no controladas, instintivas de auxilio y ayuda.

Clase de baile

Esa mujer rubia y grande, me miró de una manera algo torcida y me dijo:

—¡Tira, muévete, avanza un espacio!

Me sentí algo confusa y aturdida.

Avancé y me uní de nuevo al grupo. Esta vez me encontré, casi nariz con nariz, con el hombre que me correspondía en esa rueda algo alocada. No nos dijimos nada, seguimos los dos las explicaciones del profesor de bachata.

—Chicas, lo siento, hay que tocarse. Os tenéis que pegar a vuestra pareja, si no él no podrá hacer los movimientos con soltura.

Yo me arrimé a mi pareja con naturalidad, y sentí sus movimientos de cadera sinuosos en mis muslos. Le seguí como buena compañera de baile.

Entonces, el profesor dijo: «¡Cambio!». Y todos nos movimos un puesto.

Ahora eran las caderas insinuantes de otro caballero las que se empotraban en mis muslos.

—¡Un, dos, tres! ¡Vuelta! ¡La peinas! ¡Básico! Y vuelta a empezar otra vez.

Me topé con un hombre mucho más alto que yo, serio y distante, las manos algo sudorosas por lo que deduje que debía estar nervioso. Le miraba y le sonreía, pero él, como abducido, seguía las instrucciones del profesor de una manera algo marcial. Pensé que se imaginaba que estaba en el ejército y que tenía que seguir las órdenes de un superior. Me sentí como un arma a la que deben conocer bien en caso de ataque. Se empotró en mis muslos como si fuera a reducirme.

La clase de baile seguía, escuchaba al profesor dando las órdenes de la bachata y en ese giro y cambio vertiginoso de pareja, me topé de nuevo con la mujer del principio del relato que me gritaba, y esta vez, realmente molesta para que me moviera.

—¡Avanza! ¡Muévete! ¡Tira! ¡No te enteras!

Realmente la situación se tensaba y parecía una contienda, con altos mandos y pobres soldados que no sabían realmente en qué guerra estaban.

Correo

Y entre el correo recibido (antes eran cartas las que llegaban, ahora hay bandejas de entrada, en vez de buzones) apenas llegaban cartas de amor y menos poemas.

Ahora eran los almacenes los que te felicitaban o las inmobiliarias las que te hacían el resumen de posibles pisos para alquilar a unos precios desorbitantes.

Pero ayer, en la bandeja de todos los correos apareció el tuyo donde me comunicabas entre cruz y raya que lo nuestro había terminado y se me abrió una herida y una tristeza y no quise darle a reenviar correo, ni a contestar correo, ni a nuevo correo, ni tampoco te bloqueé, eran demasiadas posibilidades para un solo sentimiento puro y punzante.

Me fui a la calle y lloré. Cuando regresé a casa te escribí una carta que eché al buzón con altos mandos y pobres soldados que no sabían muy bien en qué guerra estaban.

Mamá

Hoy, mamá, sales del hospital a tu casa y te vas despacio como las olas del mar de Machado. Estaremos contigo llenándote de besos, nos inventaremos caricias nuevas para darte. Yo iré a la tienda de besos que hay debajo de mi casa a comprar los cariños mejores y de mejor calidad, solo para ti. No me importa gastarme los ahorros de mi corazón para dártelos a ti. Te pienso cuando no te pienso y cuando lo hago, te me atragantas de amor. Mi querida madre.

Saadaa

No era fácil hablar con él, pero si conseguía hacerlo, su corazón se disparaba a mil por hora y, entonces, se sentía desbordada e incapaz de articular palabra. No es que le gustase, no, es que le aturdía y, si pensaba en él, se le ponía el vello de punta y se apoderaba de ella un deseo luminoso y eléctrico.

Nunca había sentido por un hombre esa locura. Por una parte, estaba aterrorizada y por otra parte sentía la fuerza del volcán en su interior.

Éramos cuatro mujeres en el curso de sexualidad. Todas íbamos porque, de alguna manera, empezábamos a sentir que nuestro deseo se paseaba últimamente a cierta distancia de nosotras. Necesitábamos que volviera a habitar nuestro cuerpo.

Conjuramos a los planetas. Saturno nos acompañó en nuestro camino. No era un ritual atávico, era conectar con la parte de oxígeno que nos faltaba.

Visualizamos los anillos del planeta y nos dejamos llevar por la inmensidad de lo oscuro, que nos mecía y contenía. Todo estaba unido y nosotras a todo.

Entonces, ella sintió una comunión casi sagrada de expansión. Flotaba en medio de aquella cuna de silencio y serenidad. Sintió cómo su femineidad se elevaba y abrazaba lo bello.

Y entonces, apareció él, casi de la nada.

Un temor oscuro se apoderó de ella.

Se acercó a él.

Le miró.

Le vio hermosísimo. Sonreía. Ella casi no podía contener la belleza de su sonrisa. El brillo de sus ojos, la manera de acercarse a ella. Sintió como una bomba el estallido de su deseo. Saturno la mecía y el terror desapareció. Ahora era el silencio, el espacio diáfano, la ausencia de la duda.

Ahora era el encuentro del eterno femenino, recuperado, curado, restablecido.

Cómo no acariciar su cuerpo, beber su adorable sonrisa, mirarle sin máscaras de la sanción, de la misma forma que ella a veces miraba su jardín, recién plantado, dispuesto a florecer.

Todo era un rito iniciático de espera y posesión. Saadaa.

Aquella mujer herida de deseo había desaparecido. Había sido la depositaria de tantas mujeres enroscadas en su silencio generación tras generación. Mujeres-ovillo, mujeres-pozo, mujeres-satélite.

Él llegó de una nada. Su nombre era Saadaa. «Saadaa naadaa», pensó. Antes de él los colores se derretían. Con él adquirían la vibración perfecta. El rojo, el verde, el azul, el amarillo, todos los colores vibraban como las luciérnagas en verano.

No quiso decirle nada, solo lo miró y se fue.

Margaritas

A veces se vive con la perplejidad de una margarita en un conteo amoroso esperando un sí por respuesta o tal vez un no intuido. Los noes son, a veces, el resultado de una tremenda duda hecha realidad o de una certeza enmascarada que se camufla. «Sabía que iba a ser no».

No sé lo que me pasa, pero me pasa algo y por más que lo camufle, algo me pasa. Lo noto en el estómago, una inquietud redonda y negra. Pero, a veces, es un sí y todo se ilumina. Levantarse de la cama es fácil y todo se hace suave.

Y salgo y compro margaritas y miro la vida de la gente con sus ramos de flores y me estremece esta duda de todos, esta perplejidad de vida. También me enternece.

Pero hay otra gente que no duda y no lleva flores sino objetos retorcidos que sobrevuelan la vida de las personas y los masacran y aniquilan sin dudarlo.

Índice

Parte 2
PEQUEÑOS RELATOS

Este libro se terminó de editar en Granada
en mayo de 2025 por

www.aliarediciones.es

info@aliarediciones.es